Editora Zain

A senhora Pylinska e o segredo de Chopin

Éric-Emmanuel Schmitt

TRADUÇÃO
Mariana Delfini

ILUSTRAÇÕES
Carolina Moraes Santana

© Édition Albin Michel, Paris, 2018
© Editora Zain, 2025
Todos os direitos desta edição reservados à Zain.

Título original: *Madame Pylinska et le secret de Chopin*

Grafia atualizada segundo o Acordo Ortográfico da Língua Portuguesa de 1990, que entrou em vigor em 2009.

EDITOR RESPONSÁVEL
Matthias Zain

PROJETO GRÁFICO DE CAPA E MIOLO
Julio Abreu

ILUSTRAÇÕES DE CAPA E MIOLO
Carolina Moraes Santana

PREPARAÇÃO
Cristina Yamazaki

REVISÃO
Marina Saraiva
Juliana Cury | Algo Novo Editorial

Dados Internacionais de Catalogação na Publicação (CIP)
(Câmara Brasileira do Livro, SP, Brasil)

Schmitt, Éric-Emmanuel
A senhora Pylinska e o segredo de Chopin / Éric-Emmanuel Schmitt ; tradução Mariana Delfini. — 1ª ed. — Belo Horizonte, MG : Zain, 2025.

Título original: *Madame Pylinska et le secret de Chopin*

ISBN 978-65-85603-17-1

1. Romance francês I. Título.

24-240309   CDD-843

Índice para catálogo sistemático:
1. Romances : Literatura francesa 843

Aline Graziele Benitez — Bibliotecária — CRB-1/3129

Zain
R. São Paulo, 1665, sl. 304 — Lourdes
30170-132 — Belo Horizonte, MG
www.editorazain.com.br
contato@editorazain.com.br
instagram.com/editorazain

Sumário

A senhora Pylinska e o segredo de Chopin   7
Posfácio   87

A senhora Pylinska e
o segredo de Chopin

Na casa da minha infância morava um intruso. Todo mundo que olhava de fora pensava que a família Schmitt tinha quatro membros — um pai e uma mãe, duas crianças —, mas éramos em cinco no nosso lar. O intruso ocupava permanentemente a sala; lá dormia e lá permanecia em vigília, resmungão, imóvel, inconveniente.

Monopolizados por seus compromissos, os adultos o ignoravam, com exceção da minha mãe, que às vezes, incomodada, intervinha de algum modo para garantir a limpeza dele. Só minha irmã tinha uma relação com o infeliz, despertando-o todo dia por volta do meio-dia, ao que ele reagia sonoramente. Já eu o odiava: os roncos, o ar lúgubre, o porte austero, o aspecto reservado me afastavam dele. De noite, encolhido na cama, eu costumava rezar para que ele fosse embora.

Desde quando morava conosco? Eu me lembrava dele ali desde sempre, incrustado. Escuro, atarracado, obeso, coberto de manchas, o marfim dos dentes amarelado, ele ia do mutismo dissimulado para o franco escarcéu. Quando minha irmã mais velha passava algum tempo com ele, eu corria para me esconder no quarto e, lá, tapando os ouvidos com as mãos, cantarolava alguma coisa para não escutar a conversa deles.

Assim que entrava na sala, contornando-o cheio de suspeitas, eu lhe lançava um olhar intimidador para que ele ficasse em seu lugar e entendesse que nunca seríamos amigos; ele fingia não perceber. Nós nos evitávamos com tanta determinação que nosso conflito criava um clima pesado. À noite ele escutava nossas conversas sem tecer nenhum comentário, o que exasperava somente a mim, de tão acostumados que meus pais estavam com aquela presença obtusa.

O intruso se chamava Schiedmayer e era um piano de armário. Nossa família repassava esse parasita de uma pessoa para outra havia três gerações.

Com a desculpa de estudar música, minha irmã o perturbava todo dia. Ou era o contrário... Desse móvel de nogueira não saía nenhuma melodia, e sim marteladas, cacofonias, rangidos, escalas desdentadas, arfadas, ritmos mancos, acordes dissonantes; entre uma peça e outra — *Dernier soupir*, por exemplo, ou a *Marcha turca* —, uma tortura em particular me provocava receio, à qual minha irmã dava o título de *Carta para Elise*, criada por um algoz chamado Beethoven, e que furava meus tímpanos como a maquininha do dentista.

Certo domingo, na festa do meu aniversário de nove anos, tia Aimée, loira, feminina, sedosa, maquiada, exalando íris e lírio-do-vale, se dirigiu ao ogro adormecido.

"O piano é seu, Éric?"
"De jeito nenhum", respondi.
"Quem que toca? Florence?"
"Diz ela que sim", resmunguei, com uma careta.
"Florence! Venha tocar alguma coisa pra gente."
"Não sei tocar nada", gemeu minha irmã, cuja lucidez admirei pela primeira vez.

Aimée esfregou o queixo, enfeitado por uma covinha linda, ponderando sobre algo impensável.

"Vamos ver..."

Eu ri — a expressão "vamos ver" sempre me divertiu, ainda mais porque minha mãe sempre dizia "Vamos ver, disse o cego".

Indiferente ao meu ataque de riso, Aimée levantou a tampa de madeira do teclado com delicadeza, como se abrisse a jaula de um grande felino, percorreu as teclas com os olhos, tocou-as com seus dedos finos, que retirou repentinamente quando o som de um rugido atravessou o cômodo: o felino se levantou, ameaçador.

Pacientemente, tia Aimée retomou então a cautela ao se aproximar. Com a mão esquerda acariciou o teclado. O animal emitiu um som delicado; milagre, ele não estava tripudiando, aparentava quase gentileza. Aimée tocou um arpejo; receptivo, o grosseirão ronronou; ele estava cedendo, ela o estava domesticando.

Satisfeita, Aimée suspendeu o gesto, mediu de cima o tigre que ela transformara em gato, sentou-se na banqueta e, confiante tanto em si quanto no bicho, começou a tocar.

No meio da sala ensolarada surgiu um novo mundo, um lugar remoto e luminoso que flutuava em camadas, pacífico, secreto, ondulante, que nos paralisava e prendia nossa atenção. Atenção a quê, não sei. Algo extraordinário tinha acabado de acontecer, a eflorescência de um universo paralelo, a epifania de um modo diferente de existir, denso e etéreo, rico e volátil, débil e forte, o qual, ainda que se mostrasse, conservava a profundidade de um mistério.

No silêncio carregado do nosso deslumbramento, tia Aimée contemplou o teclado, sorriu para ele como se lhe agradecesse, depois levantou o rosto para nós, as pálpebras mal contendo as lágrimas.

Desconcertada, minha irmã lançava um olhar sombrio para o Schiedmayer, que nunca lhe havia dado a honra de soar daquela maneira. Meus pais se olhavam, escandalizados com o charme que exibia aquele baú escuro e barrigudo, encostado durante um século. Já eu esfregava meu antebraço, cujos pelos tinham se eriçado, e perguntei à tia Aimée:

"O que foi isso?"

"Chopin, é claro."

Naquela mesma noite, insisti para tomar aulas, e uma semana depois comecei a aprender piano.

Tendo percebido como sua cumplicidade com tia Aimée havia me desmontado, o Schiedmayer exibiu um triunfo indulgente: esqueceu minha hostilidade anterior e se dobrou às minhas escalas, arpejos, oitavas, exercícios de Czerny. Depois que conquistei tais laboriosos rudimentos, a sra. Vo Than Loc, minha professora, me introduziu a Couperin, Bach, Hummel, Mozart, Beethoven, Schumann, Debussy... Complacente, o baú realizava minhas demandas e atendia de boa vontade a meus desejos. Estávamos em vias de gostar um do outro.

Por volta dos dezesseis anos, exigi adentrar em Chopin. Eu não tinha escolhido o piano para desvendar seu enigma? Minha professora selecionou uma valsa, um prelúdio, um noturno, e estremeci diante da ideia de passar pela maior iniciação.

Que infelicidade. Ainda que eu desenvolvesse minha destreza com os dedos, dominasse as páginas árduas, decorasse as peças, respeitasse os tempos, nunca voltei a encontrar a emoção da primeira vez, aquele lugar remoto e voluptuoso tecido pela seda dos sons, pelo afago dos acordes, pela limpidez da melodia. O piano obedecia ao estímulo dos meus dedos, mas não aos meus sonhos nem às minhas lembranças. O milagre não aconteceu. Suave, claro, frágil e emocionante sob os dedos de Aimée, sob os meus o instrumento soava viril e trivial. O problema era ele? Era eu? Minha professora? Algo me escapava. Chopin fugia de mim.

Meus estudos de literatura exigiram minha energia; depois, meus vinte anos me obrigaram a deixar Lyon, minha família e o Schiedmayer, para vir a Paris e frequentar a Escola Normal Superior, em cujo vestibular eu havia passado. Aqui, tendo escapado do convento que era a escola, estava enfim livre para sair, dançar, beber, paquerar, fazer amor — eu me dispersava com alegria e me exauria tanto de prazer quanto de estudar. Quando passei a controlar melhor minha agenda, procurei um professor que me ajudasse a resolver o caso Chopin. Estava obcecado com isso. Sentia falta da luz, da paz, da ternura dele. A marca que ele havia deixado em mim, numa tarde de primavera dos meus nove anos, se alternava entre um vestígio e uma ferida. Mesmo jovem, eu já experimentava a nostalgia; precisava extrair seu segredo.

Após um levantamento com meus colegas parisienses, uma pessoa me parecia apropriada, uma tal de sra. Pylinska, aureolada por uma reputação excelente, polonesa emigrada em Paris, que dava aulas no 13º *arrondissement*.

"Alô?"

"Olá, gostaria de falar com a senhora Pylinska."

"É ela."

"Pois bem: me chamo Éric-Emmanuel Schmitt, tenho vinte anos, estudo filosofia na Rue d'Ulm e gostaria de continuar meus estudos de piano."

"Para quê? Fazer carreira de pianista?"

"Não, só para tocar bem."

"Quanto tempo você tem para se dedicar?"

"Uma hora por dia. Uma hora e meia."

"Você nunca vai tocar bem!"

Ouço um zumbido. Ela tinha desligado o telefone? Sem poder acreditar numa grosseria tal, disquei o número novamente. A sra. Pylinska aguardava meu telefonema, pois assim que atendeu, sem antes verificar quem estava na linha, vociferou:

"Que bela de uma presunção! Alguém se torna primeira bailarina praticando uma hora por dia? Ou médico? Ou arquiteto? E você, meu senhor, por acaso ingressou na sua prestigiosa faculdade estudando uma hora por dia?"

"Não..."

"Você ofende os pianistas desejando praticar nessas péssimas condições! Você nos ultraja. Me sinto pessoalmente menosprezada, insultada, injuriada, porque, veja bem, eu mesma pratico há quarenta anos, de seis a dez horas por dia, e segundo minha avaliação ainda não toco bem."

"Peço desculpas pela minha falta de tato. Não quero tocar *bem*, senhora, quero apenas tocar *melhor*. Não vou desistir de Chopin."

Seguiu-se uma calmaria cheia de hesitações. Num tom mais tranquilo, a sra. Pylinska resmungou:

"Chopin?"

O ar se encheu de uma boa vontade palpável. Aproveitei essa trégua:

"Comecei a estudar piano para tocar Chopin e não consigo. Os outros compositores eu talvez maltrate, mas eles sobrevivem, enquanto Chopin... Chopin... ele resiste a mim."

"Mas é claro!"

O comentário dela havia escapado, ela já estava arrependida. Insisti:

"O piano é para mim como uma lente para ler a música. Eu decifro. Mas Chopin me seduz, e com ele... com ele eu executo as notas, faço as passagens, mantenho o tempo, mas..."

Escutei-a folheando páginas.

"Sábado, às onze horas, na minha casa. Pode ser?"

À entrada do prédio, a sra. Pylinska, cinquenta anos, um lenço de seda enrolado justo e com rigor em volta do cabelo, enquadrando seus traços marcantes, me examina da cabeça aos pés, sobrancelhas arqueadas, boca torcida, como se eu fosse um erro.

"Corpulento demais", concluiu.

"Corpulento demais para quê?"

Dando de ombros, ela sacou uma piteira, segurou o cotovelo esquerdo com a mão direita e aproximou o bocal dos lábios.

"A fumaça lhe incomoda?"

Sem esperar minha resposta, enfiou-se no apartamento, convencida de que eu a seguia.

Depois de atravessar um corredor obscuro, obstruído por três gatos que me ajuizaram com desprezo, cheguei à sala de música, entulhada por inúmeras mesas baixas, sobre as quais se empilhavam as partituras. O ar exalava cheiro de rosas e de tabaco escuro.

"Deite-se debaixo do piano."

"Como?"

"Deite-se debaixo do piano."

Ela apontou o tapete persa esticado sob o Pleyel de cauda.

Eu não sabia o que fazer, então ela acrescentou: "Está com medo dos ácaros? Considerando o seu tamanho, eles que deveriam ficar preocupados..."

Eu me agachei, deslizei para debaixo do piano e comecei a me arrastar.

"De costas!"

Deitei-me, o rosto embaixo da tábua harmônica.

"Braços esticados. Palma das mãos no chão."

Obedeci. Um gato de pelagem acobreada se esgueirou pelo cômodo, saltou em cima de um pufe e ali se acomodou, dirigindo-me um olhar irônico.

A sra. Pylinska sentou-se diante do teclado.

"Concentre-se na sua pele. Sim, na pele. Sua pele toda. Deixe-a permeável. Foi assim que Chopin começou. Ele se deitava debaixo do piano da mãe e sentia as vibrações. A música é, antes de tudo, uma experiência física. Os avarentos só escutam com os ouvidos, então seja generoso: escute com o corpo inteiro."

Ela tocou.

E ela estava certa! A música me roçava, lambia, espetava, chacoalhava, triturava, sacolejava, levantava, atordoava, batia, exauria, os graves me sacudiam como se eu cavalgasse um sino de igreja, os agudos choviam sobre mim, gotas frias, gotas quentes, gotas mornas, pesadas ou frágeis, em rajadas, torrencial ou rapidamente, escorrendo sem parar, enquanto o médio untuoso me cobria o peito como um tecido de lã aconchegante, sob o qual eu me encolhia.

Soltei um assovio, completamente subjugado.

"Bravo! Magnífico! A senhora tem muita técnica."

"Técnica nunca é o bastante. E mesmo quando se consegue ter muita técnica, ainda não se tem nada. Sua vez", ela ordenou, apontando o teclado com o indicador.

Arrastei-me para fora da minha toca e, apreensivo, me vi obrigado a fazer uma piada:

"A senhora não vai se deitar debaixo do piano?", perguntei, sorrindo.

"Não sei se você merece..."

Dei início à *Valsa do adeus*, que já tinha visto e revisto mais de mil vezes.

"Pare!", ela gritou depois de alguns segundos, agitando as mãos em volta da cabeça para dissipar os ecos da minha dança. "Ah, que sofrimento!"

Baixei o rosto. Ela olhou para mim, espantada.

"Em qual piano você estudou nos últimos anos?"

"Um Schiedmayer."

"Um o quê?"

"Um Schiedmayer de família."

"Não conheço... Parece nome de buldogue... O que se nota quando você toca, parece que... Não, prefiro ficar de boca fechada: caridade cristã!"

"Como?"

Meneou a cabeça.

"Você é um intelectual: toca notas, não sons.

Você pensa sobre as alturas e a frase, não pesa nem o timbre, nem a cor."

"Isso significa...?"

"Você tem as ferramentas para Bach. O que é normal numa pessoa cerebral. Bach concebia a música independente dos sons, por isso pode ser tocado em vários instrumentos. Matemáticas musicais. *O cravo bem temperado* é igualmente magistral no cravo, no piano, no acordeão e até no xilofone, não? Bach, o Himalaia da música, dominava um deserto de timbres. Bach chegou cego ao fim da vida, mas desde o início compôs como um surdo.

"Bach, surdo?"

"O maior surdo que já existiu sobre a terra. O mais puro gênio surdo. Reconheça, Chopin se revela um músico mais completo que Bach: ele elabora tanto o timbre quanto a melodia e a harmonia."

"A senhora está brincando? Ele só escreveu para o piano."

"Uma prova de que criava por completo! Nós ouvimos o que ele escutou. Ele se importava profundamente com os elementos que constroem a música. Ele é acusado de ter se limitado ao piano, criticavam-no quando ainda era vivo, quando a fama e a fortuna vinham da ópera ou do concerto sinfônico. Ele resistiu. Admire sua força interior! Quanta sabedoria! Gênio é quem entende logo o que deve realizar na Terra. Chopin conheceu e reconheceu a si mesmo antes dos outros; desde os dezoito anos se rebelou contra os bons conselhos.

E por quê? Não por desprezar o sucesso do dinheiro, e sim por se recusar a negligenciar as sonoridades. Ele manejava os timbres tal como Rembrandt fazia com os pigmentos de sua paleta. Bach praticava desenho; Chopin, pintura."

"Quando uma orquestra executa Bach, vemos as cores jorrarem."

"Bach oferece uns rabiscos para nós colorirmos; Chopin, não. Na verdade, a técnica dele remete à aquarela. Tudo se funde de maneira única, e a vagueza dos seus contornos harmônicos se parece com a água que mistura suas tintas."

Ela ficou muito vermelha, interpelando inimigos imaginários diante de si:

"Parem de repetir que a inspiração dele 'se limitou ao piano'! Com ele o piano se tornou um mundo, um mundo que se basta, continental, oceânico, imenso, infinito."

"Mas Beethoven..."

"Beethoven empregava o piano, não servia a ele. Via no piano o melhor substituto para a orquestra. Usava o piano porque era o que tinha. Falta de opção."

"E Schubert?"

"Schubert se dedicava à música de câmara. Escrevia para um piano de câmara, um piano de armário."

"A senhora é muito intransigente!"

De repente ela se calou, enrubesceu, suspirou e murmurou, com uma voz embargada:

"Obrigada."

Minha reação nem chegou perto de insultá-la, provocava-lhe um grande prazer.

"Arrisco me considerar uma boa professora por esse motivo que você citou: a mim não falta intransigência."

Os olhos dela piscaram, e ela se lembrou da minha presença.

"Onde você mora?"

"Na Rue d'Ulm, na Escola Normal Superior."

"Perto do Jardim de Luxemburgo?"

"Isso mesmo."

"Perfeito! Isso vai simplificar nosso trabalho. Nesta semana você evita os pianos e, todas as manhãs, vai ao parque de Luxemburgo, vai se agachar nos gramados e aprender a colher as flores sem derrubar o orvalho."

"Como?"

"Preste atenção, as gotas devem permanecer em cima das pétalas ou das folhas. Sem movimentos bruscos! Você entendeu?"

"Ahn..."

"Senhor filósofo, você afunda as teclas como um lenhador. Quero que seus dedos se tornem zelosos, sutis, refinados, acolhedores. A partir de agora, exijo de você uma delicadeza tanto física quanto espiritual."

"Então até sábado não abro nenhum piano?"

"Não! Não vai ser quebrando o marfim que você vai avançar. Posso indicar um segundo exercício?"

"Sim."

"Escute o silêncio."

"Como?"

"Acomode-se no seu quarto, acalme sua respiração e concentre-se para ouvir o silêncio."

"Por quê?"

"Chopin escreve sobre o silêncio: a música sai dele e para ele retorna; está até costurada nele. Se você não souber saborear o silêncio, não vai apreciar a música dele."

Ela me levou até a porta. Antes de cruzar a soleira, perguntei:

"Quanto lhe devo?"

"Comigo a primeira aula não é paga."

"Por quê?"

"Porque o único objetivo dela é desencorajá-lo. Consegui fazer isso?"

"Bastante."

"Excelente. A partir da próxima você paga."

Acreditem ou não, naquela semana obedeci à estranha polonesa escrupulosamente. Lutando contra minha indolência matinal, às sete e meia eu estava diante das grades do Jardim de Luxemburgo, lanças pretas encimadas por lâminas douradas, aguardando o funcionário abrir o grande portão; em seguida, me precipitei até os canteiros menos frequentados, debaixo das árvores, protegido dos olhares, e comecei a colher as margaridas enfeitadas de pérolas d'água, sem remover o presente depositado pela aurora. No início aquilo só me provocava tédio, mas depois de muitas tentativas consegui me tranquilizar, associar meus dedos à respiração do corpo, tornar macia e segura a ponta dos meus dedos. Na sexta-feira, entendia cada gota de orvalho como uma criança amada aconchegada no fundo de um berço vegetal, a quem eu oferecia uma posição mais confortável para dormir.

Depois desse exercício, no meio do meu quarto de estudante, passei a prestar atenção ao silêncio, que não existe na capital; isso me obrigou a descer até o porão, nas profundezas da escola, longe de perturbações sonoras, para constatar que, quando o universo por fim se calava, era meu corpo que falava sem parar — gorgolejos, assovios, estalos, respiração. Decepcionado, temi estar levando a sério algo que não passava de um logro; no entanto, percebia que minha atenção estava mais aguda, que meus dedos ganhavam em precisão, enquanto meus punhos e cotovelos se distendiam.

"Entre, não temos nenhum minuto a perder", declarou a sra. Pylinska ao entreabrir a porta. "Se obedeceu às minhas recomendações, você está em ponto de bala."

Corremos ao piano, eu me sentei e pousei meus dedos sobre as teclas.

"Toque!"

Arrisquei um prelúdio, o nº 7 do opus 28.

Depois do último acorde, a sra. Pylinska acendeu um cigarro.

"Não é para me gabar, mas foi quase suportável."

"É constrangedor... Nunca imaginei que faria algum progresso ficando longe do instrumento."

"O aperfeiçoamento exige um trabalho qualitativo, não quantitativo. De que adianta ficar repisando uma peça? Tocar dez vezes mal? Tocar cem vezes com intenções erradas e reflexos deploráveis? Melhor pegar uma serra e procurar uma madeira para serrar."

Ela se instalou no meu lugar e acariciou o teclado com amor. O gato arruivado se esfregou nos tornozelos dela.

"Observar as teclas, conversar com elas, vai ajudá-lo."

Ela dedilhou acordes que deliciaram o gato. Objetei:

"Não exagere! De todo modo, preciso me preparar para as passagens de virtuosismo."

Um estremecimento desfigurou o rosto dela, os ombros se agitaram.

"O que disse?"

Apontou para mim olhos hostis.

"O que disse? 'Virtuosismo'?"

"É... Isso."

"'Virtuosismo', então ouvi direito."

Levando os olhos ao céu, ela limpou a garganta, mordeu os lábios e virou a cabeça de lado: o que a impediu de cuspir foi a decência.

"'Virtuosismo'... Se, depois de estudar por anos comigo, alguém o chamar de 'virtuose', eu me mato!"

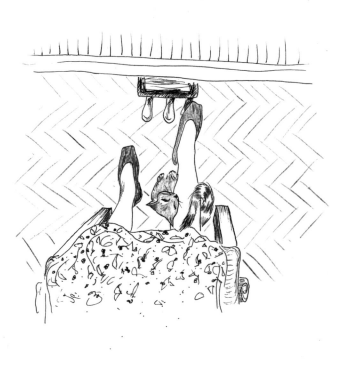

"Não é nenhum palavrão!"

"Eu o ensino a se tornar um artista, não um Narciso. Aponte a luz para a música, não para si mesmo. Ah, por mim, esses virtuoses que se colocam entre a peça e o público seriam abatidos a tiro."

"Que bom que as armas são proibidas nas salas de concerto!"

"Como se diz, é da boca pra fora. Ou eu seria responsável por mais mortes que Stálin!"

Preocupada, começou a andar de um lado para outro.

"Tem lugar para todo mundo! O lugar dos virtuoses é o circo. Eles nascem ali, e que ali permaneçam! No picadeiro, o acrobata exagera o perigo para empolgar o público. Um trapezista vai errar de propósito a manobra básica se quiser que aplaudam a manobra complexa. Sem esforço, um triunfo não é tão grande. Repare nos tenores nas arenas da ópera: eles mostram que o dó agudo é uma proeza. Mesmo que estejam confiantes de sua voz, a expressão facial indica quando vão arriscar um agudo perigoso. Pavarotti ultrapassa a todos nessa comédia: ainda que solte os dó agudos com a mesma facilidade com que devora ostras, faz com que todos pensem que poderia errar, depois finge se surpreender por conseguir e comemora sua façanha com a multidão. Que farsa! Além disso, ele... Não, prefiro ficar de boca fechada: caridade cristã!"

"Ainda assim, os dó agudos de Pavarotti são radiantes."

"É um palhaço que só está atrás de aplausos. Chopin não buscava ser ovacionado, ele improvisava para nos levar a algum lugar. Pavarotti nos leva até ele mesmo; Chopin nos leva além."

"Para onde?"

Ela aponta o queixo para mim.

"Você gosta de Liszt?"

"Eu... não sei."

"Excelente resposta. Assim como há intérpretes de circo, há também compositores de circo. Liszt, por exemplo."

"A senhora é cruel. Liszt e Chopin se conheceram quando jovens e, embora o público exacerbasse a rivalidade entre eles, os dois mantiveram uma amizade autêntica. Liszt venerou Chopin, o apoiou, difundiu suas partituras pela Europa, na Rússia, durante a vida e depois da morte de Chopin; chegou a escrever um livro sobre ele. Liszt fez muito por Chopin, mais que Chopin por Liszt."

"O melhor que Liszt fez por Chopin foi ter escrito sua própria obra."

"Ah, que deslealdade!"

"Não, falo isso sem maldade. A obra de Liszt revela muito sobre a obra de Chopin. Um gênio ilumina o outro."

Ela correu para o piano e executou alguns compassos da *Rapsódia nº 2* de Liszt.

"Liszt tocava com o piano aberto, enquanto Chopin tocava com o piano fechado. O que explica tudo: Liszt queria sair dele, e Chopin, entrar nele.

Liszt brilhava a partir da caixa de ressonância; Chopin perseguia as belezas dentro dela."

Ela encostou o ouvido na tábua harmônica.

"Liszt golpeia; Chopin escuta. Em Chopin, o piano escuta o piano, suas sonoridades, acordes, cantos, imprevistos, harmonias, ressonâncias; Chopin busca a poesia do piano e se concentra nela. Liszt busca no piano um trampolim e escapa dele; transcende as teclas, faz elas explodirem, transforma-as em orquestra com múltiplos instrumentistas, a ponto de termos a impressão de que tem várias pessoas participando. Em Liszt o piano se mostra soberano, mas não é mais piano, ele se transforma em um tapete voador para visitar o universo, seus riachos, lagos, tempestades, auroras, vales de sinos, espetáculos de água, jardins, florestas; enquanto o piano em Chopin constrói um mundo autônomo, completo, sem portas nem janelas, o instrumento sensível, nobre, dócil, que é suficiente para exprimir tudo de sua alma."

Ela inspirou.

"Liszt deixa estupefato; Chopin, encantado. Se o virtuosismo aparece em Chopin, ele imediatamente chega a se desculpar por estar ali e se detém. Em Liszt, o espetáculo se constitui pela insistência no virtuosismo; de meio, passa a ser o fim: ele quer nos deixar sem fôlego, suas obras anseiam pelos aplausos, enquanto Chopin explora os poderes do piano, se maravilha com as sonoridades que descobre nele, as experimenta. Liszt impressiona o público, enquanto

Chopin reflete. Liszt é alguém que surpreende; Chopin, alguém que é surpreendido."

Tocou acordes majestosos de Liszt.

"Liszt já tem um pensamento e o mostra para nós, enquanto Chopin o descobre ao caminhar, utilizando seus recursos. Liszt é um deus que vem exibir seu poder; Chopin, um anjo caído que tenta encontrar o caminho de volta para o céu."

A sra. Pylinska baixou o tampo.

"Fim da aula!"

Anunciara isso sem consultar nenhum relógio no pulso ou na sala.

Entreguei-lhe as notas de dinheiro, que ela colocou no bolso, muda; depois sua mão me indicou a direção da saída. Percorremos o corredor, acordando dois gatos que sibilaram rancorosos.

"Diga-me, senhor filósofo, há fontes de água no Jardim de Luxemburgo?"

"Sim."

"Que belo bairro para um aprendiz de música."

Ela destrancou a porta.

"Sugiro então avançar para uma nova etapa. Você vai precisar gastar um pouco de dinheiro. Isso é possível?"

"Espero que sim", respondi, calculando mentalmente quanto poderia sacrificar para adquirir partituras.

"Fantástico! Compre então umas sementes."

"Sementes?"

"Melhor algo em grãos. Ou em flocos."

"Algo..."

"Aqueles de alimentar as carpas. Vêm numa caixa verde."

"Não entendi, a senhora quer que eu me alimente de sementes?"

Ela me observa, consternada.

"Claro que não. São salgadas demais."

"A senhora quer que eu alimente as carpas do Jardim de Luxemburgo?"

"Que horror! Detesto esses bichos moles, lodosos, viscosos, de boca obscena. O que será que Deus tinha em mente quando criou as carpas...? Não, prefiro nem saber: caridade cristã!"

Ela coçou a cabeça, horrorizada. Insisti:

"Senhora Pylinska, então não entendi."

"Vá ao Jardim de Luxemburgo e faça círculos na água: você verá a ressonância. Observe a superfície plana, lisa, uniforme, depois jogue um floco: a água vai se perturbar. Analise o impacto, suas consequências, o tempo que os círculos levam para se formar, para se ampliar, para desaparecer. Não force nada. Observe. Isso será útil no próximo sábado para criar uma base, deixá-la crescer e morrer, ou para desenhar a melodia numa onda de harmonia. Aprenda a se tornar líquido."

"Líquido?"

Ela franziu a testa.

"Sim, líquido, imagino que seja assim que se diga. Líquido... Ceder à onda, captar o espaço entre os sons sem agarrá-lo, entregar-se ao que acontece, ampliar sua disponibilidade. Líquido... Meu léxico o incomoda?"

Ela empurrou a porta, nem um pouco satisfeita.

Naquela semana, enquanto somava os *círculos na água* aos exercícios do *orvalho* e do *silêncio*, recebi uma mensagem adorável: tia Aimée, a fada musical da minha infância, contava que passaria uma noite em Paris e adoraria me encontrar.

Que sorte! Aimée longe dos pesados banquetes familiares, Aimée distante das tias-avós azedas e bigodudas, Aimée livre das crianças exigindo uma brincadeira besta, Aimée sem as bebedeiras ou indigestões, Aimée inteira para mim.

Eu amava essa mulher tão singular. Ela nunca se casara, não tinha companheiro nem filhos, e era o oposto de uma solteirona. Encantadora, vaidosa, culta, que se apaixonava tão facilmente, tinha passado a vida caindo nos braços de um e de outro, como uma bailarina arrebatada pelos cavalheiros no baile. Vinha sozinha aos nossos festins, o que minha avó gostava porque, como dizia, o calendário não permite guardar tantos nomes de homens. Essa mesma avó, muito próxima de Aimée durante a adolescência, não perdia uma oportunidade de criticá-la, chamando-a de "doidinha" nos dias bons, "vagabunda" nos dias ruins, e morrendo de ciúmes quando pegava a mim e Aimée conversando: "Melhor não contar a sua vida, Aimée Buffavand, não é um bom exemplo para os jovens". Na verdade Aimée nunca me revelara nenhum detalhe de sua intimidade, falávamos de mil coisas diferentes e, se o assunto se avizinhava de suas relações amorosas, ela destacava brevemente uma cena ou outra da sua prosperidade alardeada pela família. Eu gostava desse seu pudor, com isso ela me permitia fantasiar sobre aquilo que eu ignorava.

Juntei minhas economias para convidá-la para jantar no Balzar, uma *brasserie* art déco digna dela, ao lado da Sorbonne. Sob os globos de opalina tingindo as molduras de madeira escura da parede, sentados num banquinho de camurça, rodeados de garçons envolvidos por um avental branco e indo de mesa em mesa, emendamos uma história na outra, serenos, extasiados, quase apaixonados um pelo outro, apesar dos quarenta anos que nos separavam. Confessei-lhe que ela tinha despertado em mim, no meu aniversário de nove anos, minha lisonja pelo piano, depois a diverti esboçando um retrato da inverossímil sra. Pylinska.

Na sobremesa, a tristeza lançou uma sombra em seu sorriso.

"Vamos para Cabourg", ela murmurou.

"Quando?"

"Sábado, depois da sua aula. Vou preparar tudo, táxi, bilhete de trem, dois quartos no hotel. Voltamos na segunda-feira."

"Por que Cabourg?"

"Cabourg, é claro", ela respondeu sonhadora, como onze anos antes havia respondido "Chopin, é claro".

Foi o suficiente para me convencer.

No sábado, a sra. Pylinska abriu a porta, cotovelos desajeitados, expressão abatida, turbante torto, e anunciou:

"Alfred Cortot morreu."

"Como?"

Ela engoliu um soluço e repetiu, trágica, olhando para o chão:

"Alfred Cortot morreu. O coração dele parou."

O pânico tomou conta de mim: a sra. Pylinska tinha enlouquecido. Alfred Cortot, ilustre intérprete de Chopin, tinha partido deste mundo vinte anos antes. Como ela poderia ter descoberto isso hoje... Ela, que dedicava a vida ao piano?

"Ele tinha quinze anos", ela acrescentou.

"Quinze anos...?"

"Rachmaninov ficou comigo por vinte e dois anos!"

Apontou dois gatos atrás de si, no corredor.

"Rubinstein e Horowitz ficam o procurando por todo canto. Eu o levei ao veterinário, que vai trazê-lo de volta numa urna. Coitado do Alfred Cortot... Enfim, entre!"

Ao examinar os felinos que restavam, concluí que Alfred Cortot era o terceiro macho, o ruivo, aquele que nas aulas vinha se enroscar no pufe perto do piano de meia cauda.

Depois de alguns segundos no quarto, a sra. Pylinska retornou à sala; turbante carmesim rearrumado, cigarro aceso, ela voltou ao seu tom categórico, como se a cena anterior não tivesse acontecido:

"Você leu George Sand?"

"Pouca coisa."

"George Sand, uma mulher notável! Ela queria ter se destacado na música e quebrou a cara nisso, só sabia fazer livros, coitada. Enfim, por despeito, ela ajudou Chopin a desabrochar, como uma flor delicada protegida do vento. George Sand, mulher fundamental! Quando Chopin passava a noite com ela em Nohant, ele se esquecia dos problemas materiais, suspendia as aulas, dedicava-se a compor no Pleyel com que ela o presenteara. Ele concebeu e lapidou todas as suas obras-primas quando estava com ela. George Sand, mulher muito útil!"

"A senhora me espanta."

"Eu?"

"A senhora reduz uma mulher ao papel que ela teve para um homem."

"Não dou a mínima se George Sand foi uma mulher, um homem ou uma baleia! Só o gênio me interessa."

Contemplou o retrato de Chopin e me pareceu que furtivamente se benzeu. Ela riu.

"A primeira vez que Chopin viu Sand, ele disse:

'É uma mulher?'. A primeira vez que Sand viu Chopin, ela disse: 'Quem é essa garota?'. Que história!"

"Não começou bem", exclamei.

Ela olhou severa para mim.

"Pelo contrário, começou mais que bem! Se você vai para a cama com uma mulher que faz seu tipo, se é o tipo que o excita, você vai para a cama com o tipo, e não com a mulher. Fica uma coisa superficial, de pele, outra mulher vai substituí-la. Sand não fazia o tipo de Chopin, nem Chopin fazia o tipo de Sand: é por isso que só podia dar certo! E vamos em frente."

Ela tocou alguns acordes.

"Só se ama de verdade quando não se está apaixonado."

Balançando a cabeça para dissipar as reminiscências, ela abriu um volume que estava ao alcance da mão.

"Em *História da minha vida*, George Sand descreve a lua de mel deles, uma expedição a Maiorca. Chopin estava criando os prelúdios, e ela nos conta o que ele fazia. Muito instrutivo. Como na noite que, depois de um dilúvio, a água rumorejava na calha."

Ela toca o início do *Prelúdio 15*...

"E depois o dia em que uma procissão de peregrinos desfilou diante da janela deles..."

Ela toca o início do *Prelúdio 9*...

"E depois o dia em que eles saíram juntos para caçar borboletas no campo..."

Ela toca o início do *Prelúdio 10*...

"E depois o vagido dos crocodilos que se instalaram no pântano perto da residência deles em Valldemossa."

Ela toca o início do *Prelúdio 2*...

Interrompi:

"Senhora Pylinska, tem crocodilos nas ilhas Baleares?"

Ela se levantou, furiosa.

"Não! Nunca teve!"

"Então George Sand escreveu o que lhe vinha à cabeça."

"E eu também! A história da chuva é dela, o resto eu inventei. Você acreditou?"

"Até a parte dos crocodilos."

"Ó, vermes, você é tão vulgar quanto George Sand! Senhor, tenha piedade de mim! Chopin virando lavagem na boca de um público imbecil, tudo por causa das fofocas dessa escrevinhadora! Como essa daí era imbecil... Uma verdadeira besta... Uma... Não, prefiro ficar de boca fechada: caridade cristã!"

"Mas agora há pouco a senhora dizia que George Sand..."

"Ela reduz tudo ao que conhece, a realidade, a realidade indigente que transcreve nos seus livros. Não passa de uma escritora, coitada, uma romancista, ou seja, uma escrava da realidade. Já Chopin é um músico; ele não usa as palavras, o que tem a dizer não pode ser dito pelas palavras."

Ela manuseia as partituras.

"Como ele intitula suas obras? Não é *Tristeza*, como um editor britânico imbecil publicou, e sim *Étude opus 10 nº 3*. Não *O adeus*, e sim *Valse opus 60 nº 1*. Não *A gota d'água*, e sim *Prélude opus 15 nº 28*. Não *O cachorrinho*, e sim *Valse opus 64 nº 1*. Você rejeitou *Os crocodilos no pântano* porque não existem crocodilos nas ilhas Baleares, mas era preciso acabar com as gotas d'água, a procissão, as borboletas! Chopin não descreve, não evoca, não relata. Na verdade quem devia ter vivido com George Sand era Liszt, que compunha músicas programáticas, que ilustram poemas, descrevendo espetáculos de água, como *Les Jeux d'eau de la villa d'Este*, ou sugestivas como *Souvenir*, *Rédemption*, *Consolation*. Mas Chopin não parte de nada que existe: ele cria! Nenhuma imagem mental preexiste à sua música. É a música que impõe sua realidade ao espírito. Ela permanece pura. Ela não expressa sentimentos, ela provoca sentimentos."

A sra. Pylinska bradou as partituras no ar.

"Os títulos dele, quase matemáticos, são mais honestos e mais misteriosos: as emoções não são nomeadas, elas nascem na música. Se a música narrar, para que serve? Ao tratar do inefável, ela só diz aquilo que nunca foi dito em lugar nenhum."

Quando termina a execução da primeira balada, ela esfrega as mãos, as bochechas, depois olha para mim, sorrindo.

"Vi a previsão do tempo: você está com sorte!"

"Como?"

"Nesta semana vai ter vento. Todo tipo de vento, de todas as velocidades."

"E daí?"

"Um clima ideal para Chopin! Volte ao Jardim de Luxemburgo, sente-se numa cadeira — sim, sim, eu o autorizo a se sentar — e preste muita atenção no efeito do vento nas árvores."

"O que devo observar?"

"A independência das folhas e dos galhos em relação ao tronco."

"Por quê?"

"Preste atenção. Sinta. Depois eu explico. Ah, e um detalhe importante: olhar fixo para as árvores jovens, até as bem jovens, não só as centenárias. Está bem?"

Ela informou que a aula tinha chegado ao fim. Ao entregar o dinheiro, me permiti fazer uma observação:

"Senhora Pylinska, a senhora sabe que não me pediu para tocar hoje?"

"Claro."

"Nenhuma vez sequer?"

"Claro."

"E que há semanas me proíbe de abrir um piano?"

"Claro."

"A senhora realmente acredita que vou progredir no piano fugindo dele?"

"Se bastasse passar horas praticando no piano para se tornar pianista, todo mundo saberia disso, certo?"

Como sempre, ela havia proferido sua verdade com uma segurança afiada e eu parei de argumentar. Na soleira, gaguejei:

"Minhas condolências. Alfred Cortot era um gato... cativante."

"Ele gostava tanto de música!"

As lágrimas brotaram do seu rosto tão repentinamente que, atônita, ela balbuciou "Obrigada" e trancou a porta, levando consigo sua tristeza.

Sob o céu cinza e tranquilo por onde passavam gaivotas indolentes, avançamos ao longo do litoral, abraçados, Aimée e eu. Acostumado com o Mediterrâneo, eu examinava a Mancha circunspecto, a luz nacarada, os ventos contínuos, a areia pálida, o céu de um azul impuro salpicado de nuvens, o mar da cor de ostra, a vista sem fim, ondas de dunas, ondas de água salgada.

"O Mediterrâneo é um mar para crianças, a Mancha é um mar para adultos", resumiu Aimée.

Era verdade; eu me sentia velho, melancólico. Nostalgia do quê, se era minha primeira vez em Cabourg? Talvez de um passado opulento, testemunhado pelas casas de pedra. Talvez de Marcel Proust, que, ao transformar Cabourg em Balbec, no *Em busca do tempo perdido*, havia feito daqui o palco inesquecível de suas paixões. Ou, tal qual uma esponja, eu me deixava embeber das lembranças da minha tia?

"Amava muito aqui. Acho até que foi o único momento em que senti felicidade, a felicidade total."

Soltei uma gargalhada. Para mim, Aimée, a apaixonada, a "doidinha", a "vagabunda", como a chamava minha avó, tinha vivido múltiplas situações de felicidade ao longo da vida. O que ela estava dizendo?

Ela apertou meu cotovelo e começou a contar. Muito tempo atrás conhecera Roger, o único amor de sua vida, em Cabourg. Foi paixão à primeira vista para ambos. Depois de três noites resistindo, ela se aninhou no peito desse comerciante sedutor, esportivo, gentil, que vinha de Lyon, como ela. Passaram o verão em Cabourg, um verão curto, sensual, generoso, exuberante, ardente, lânguido, um verão tão intenso e perfeito que com sua luz iluminaria o resto da vida dela. Roger era casado e prometeu que se separaria da esposa. Em setembro, Aimée voltou para Lyon, onde era auxiliar de um tabelião, e Roger voltou para casa, de onde a esposa tinha se afastado por dois meses para um trabalho. A relação deles continuou, clandestina, mas Roger garantiu a Aimée que ficaria livre. A esposa dele ficou doente; por questão de decência, Roger adiou sua partida, esperando que ela se recuperasse. Então, quando ela se recuperou, ficou grávida; lamentando-se, Roger mais uma vez justificou para Aimée o adiamento, alegando que não queria se comportar como um imbecil.

"E por isso ele se comportava mal com você."

"Sim."

"E você aceitava?"

"Claro."

"Por quê?"

"Não posso ter filhos, Éric, o médico tinha acabado de me informar. E eu não queria confessar a Roger. Você consegue imaginar o que é isso? Ser incapaz de dar uma família ao homem que amo! Melhor que ele construísse a família dele com outra pessoa."

Aimée admitiu que se contentou com o papel de amante até o último dia. Aceitou, portanto, a vida dupla de Roger, comemorou com ele o nascimento do primeiro filho, do segundo, depois da menininha que apareceu quinze anos mais tarde. Aimée vivia um luto após o outro, mas chamava essa ciranda de "felicidade" — luto por um amor exclusivo, luto por um casal que era sempre adiado, luto pelas férias ou pelos fins de semana que Roger dedicava à família, luto por filhos que fossem dela. Ficara décadas presa às promessas de um homem que nunca as cumpria. Às vezes, atormentado pelo sacrifício tão delicado de Aimée, Roger reclamava que ela não insistia o bastante para que ele desfizesse o casamento, proclamando que ela não o amava mais; então ela lhe provava o contrário, e o amor deles, escondido, voltava a prosperar com ainda mais força.

"E por isso inventei essas histórias de tantos noivos, que a família foi aumentando ao longo dos anos, principalmente sua avó. Essa lenda protegia Roger, protegia a mim também. A má reputação, no fim das contas, é uma excelente armadura para quem quer permanecer discreto."

Aimée só esteve com um homem, Roger, e o esperou durante toda sua vida recolhendo as migalhas deixadas pela esposa dele. Ela parou e virou o rosto na minha direção.

"Agora você entende por que Chopin, Éric?"

Ela me olhava com tanta esperança que, sem coragem de acabar com seu otimismo, assenti com a cabeça.

"Chopin, é claro..."

Ela parecia feliz por compartilharmos essa opinião. Dissimulei minha vergonha por tê-la enganado. Chopin... Por que Chopin? O que ele tinha a ver com essa vida? Eu não conseguia entender...

Retornamos lentamente ao Grande Hotel sem proferir palavra. Não deveríamos ter nos encarado; se antes tínhamos conversado foi porque o passeio, ao mesmo tempo que nos aproximava, desviava nossos olhos para o céu, a areia, o mar, essas distâncias que fazem o pudor se dissipar; desde que nossos rostos tinham se cruzado, sentíamos a presença um do outro de uma forma aguda demais.

Ao subirmos a escada da esplanada, perguntei, espantado:

"Aimée, por que você me confidenciou isso?"

Os dedos dela envolveram meu cotovelo.

"Roger morreu no mês passado. Queria que alguém soubesse a verdade, a minha e a dele. Você reparou, agora há pouco, no desenho que uma criança fez na areia e que duas ondas apagaram? Espero que minha história não se desvaneça no fundo da espuma; que ela perdure um pouco em uma memória, a sua."

De volta a Paris, eu ia todos os dias ao Jardim de Luxemburgo para esquadrinhar as árvores, ou melhor, os caprichos do vento na folhagem, como a sra. Pylinska havia ordenado. O exercício me cansava, mais ainda por eu estar remoendo no espírito a confidência de Aimée, que já voltara para Lyon.

No sábado, quando toquei a campainha da casa da sra. Pylinska, ela abriu e me perguntou imediatamente, num tom imperioso:

"Você é politeísta?"

"Como?"

"Eu sou monoteísta. Amo apenas um compositor: Chopin. Tenho certeza de que fui enviada à Terra apenas para tocar e ouvir Chopin. E você?"

Entrei no corredor escuro.

"Acredito que sou politeísta, senhora Pylinska. Venero mais de um deus: Bach, Mozart..."

Ela baixa os olhos, magnânima.

"Eu lhe concedo essa brecha: Chopin idolatrava Bach e Mozart."

Sem perceber que minha fala a desagradaria, continuei minha enumeração:

"Schumann..."

"Certo! Ele detectou o gênio de Chopin."

"Schubert, Debussy, Ravel..."

"Debussy e Ravel devem muito a Chopin, eles sempre disseram isso. Quem mais?"

Retesada, ela se obrigava a demonstrar uma boa vontade que lhe era difícil. O insuportável não era a existência de outros compositores, e sim que alguém pudesse considerá-los tão bons quanto Chopin.

"E é isso", concluí, mentindo.

Ela suspirou, aliviada, e se sentou ao piano.

"Vamos praticar este prelúdio. Vou tocar primeiro, depois passo o lugar para você."

Enquanto a sra. Pylinska afundava as teclas, uma aranha desceu do teto. Suspensa pelo fio, ela freou a queda a cinquenta centímetros das cordas, depois se estabilizou. Estava de olho em quê? Que presa tinha avistado? Permaneceu assim durante a peça, por vezes agitando suas coxas delicadas de mocinha. Quis denunciá-la para a sra. Pylinska, mas, quando acabou a peça, ela me ordenou, num tom que não permitia nenhuma réplica:

"Sua vez."

Fui sucedê-la ao piano. Depois de uma linha, ela gritou:

"Pare! Estou escutando as barras de compasso. *Rubato*! *Rubato*!"

Me empenhei para satisfazê-la praticando o *rubato*, essa liberdade rítmica que exigem os românticos, diferente dos clássicos. Furtei-me, portanto, dos tempos fortes, evitei a marcação do compasso, me esforçando para não deixá-lo rígido, regular, como um metrônomo. Esse *tempo rubato*, esse tempo furtado, era um desfalque, uma maneira de roubar a duração da nota seguinte, fosse apressando ou atrasando.

"Pare! Eu disse *rubato*, não remada de barco."

Comecei de novo.

"Pare! Você está me deixando encucada: nesta semana o clima estava propício para o *rubato*, não estava? Tinha vento?"

"Sim, o que isso tem a ver?"

"A mão esquerda representa o tronco da árvore, robusto, estável, imperturbável; enquanto lá em cima, a folhagem da melodia estremece com a mão direita. Separe as mãos, elas não vivem no mesmo ritmo, como o tronco e os galhos. Não deixe que elas acelerem e desacelerem, desgrude uma da outra. Aprenda a lição que você observou no Jardim de Luxemburgo!"

Com a maior boa vontade do mundo, fiz o máximo que pude para lhe obedecer, mas não conseguia me iludir. A sra. Pylinska concluiu:

"Vigor demais, músculos demais, energia demais. Preciso de você mais mole, mais flexível, mais plástico."

Ela coçou o cabelo em coque.

"Da próxima vez, venha depois de ter feito amor."

"Como?"

"Você me ouviu muito bem, você é rígido, e não surdo. Quero você relaxado. Venha depois de fazer amor."

Ofendido, desdobrei as notas sem dizer nada. Ao me acompanhar até a saída, ela percebeu meu constrangimento e se explicou:

"Eu tinha uma amiga assim na Polônia: Magdalena, uma cantora, soprano lírica, ideal para Mimi, Liu, Butterfly, Marguerite ou Manon. Quadradona, parecia uma lançadora de dardos, mas, enfim, com um figurinista competente... Imagine que Magdalena só alcançava os agudos se tivesse feito amor imediatamente antes. Sim! Nesse caso, seus si bemol resvalavam o divino, pulposos, carnudos, resplandecentes. Sem isso, pareciam o apito de uma locomotiva."

"E...?"

"Bogdan, o marido dela, a acompanhava a cada apresentação, portanto, e no camarim aquecia com ela os agudos. Ela assinava cada vez mais contratos: Varsóvia, Poznań, Breslávia, Viena, Berlim... Os teatros brigavam por ela, e Bogdan abandonou o trabalho como mecânico para se dedicar a Magdalena. Coitada, ela foi fazer Wagner, e Bogdan ficou careca."

"O que uma coisa tem a ver com a outra?"

"Wagner e suas óperas que cospem decibéis por horas, com interrupções infernais entre uma cena e outra... Para a esposa se sair bem, Bogdan era obrigado a dar no couro a cada entreato. Excesso de testosterona. Sexo demais provoca calvície. Depois ela foi contratada para a *Tetralogia*, e isso acabou com Bogdan. Ataque cardíaco. AVC. Cadeira de rodas. Baixem as cortinas!"

Ela murmurou:

"Wagner é terrível para a saúde! Um compositor que provoca infartos e varizes."

"Varizes?"

"A cantora fica quatro horas de pé no palco, em sandálias baixas, coberta por uma armadura de quinze quilos, com um escudo e uma lança na mão: um horror para a circulação! Na *Valquíria*, se Bogdan não tivesse desistido, as pernas de Magda teriam fraquejado... Magda abriu mão da carreira argumentando que seus agudos não valiam a vida do marido. Bom, é a versão oficial... porque encarnar jovens virgens aos cinquenta anos e com mais de cem quilos seria complicado, e... Não, prefiro ficar de boca fechada: caridade cristã!"

"Senhora Pylinska! A senhora está tirando sarro de mim?"

Ela parou, chocada com a minha observação.

"Quando se trata de arte, nunca faço piada. Aquela mulher precisava do coito para emitir seus melhores agudos, só isso. O orgasmo lhe dava a força e o relaxamento que permitiam ao diafragma sustentar o ar com eficiência. É um clássico entre as cantoras. Mas algumas são mais sagazes, e essas daí cantam por mais tempo."

"Como as espertinhas fazem para se arranjar?"

"Isso eu conto no próximo sábado."

Ao chegarmos no corredor, ela destrancou a fechadura e puxou a porta. Despedi-me ao cruzar a soleira, então caminhei até o elevador, quando ela me chamou:

"Ah, sim, para ser mais específica: para a próxima aula, faça amor com alguém. Não o sexo solitário."

Desviei o rosto, incomodado. Ela insistiu:

"Você tem alguém à mão? Quero dizer, uma pessoa disponível."

"É claro", murmurei.

"Excelente!"

E a porta voltou a se fechar.

Na semana seguinte, ainda que tivesse seguido o aconselhamento da sra. Pylinska, cheguei à casa dela com um humor deplorável. Não gostava da maneira como ela fora se infiltrando na minha vida. Ao contatá-la, dois meses antes, eu tinha expressado o simples desejo de aperfeiçoar meu desempenho ao piano; desde então, eu não apenas havia colhido flores na aurora, escutado o silêncio, feito círculos na água, estudado o movimento da folhagem sobre o tronco até ficar hipnotizado, como agora minha própria intimidade estava devassada por suas solicitações.

Ao me despedir da moça naquela noite, me arrependi de ter me apegado à polonesa excêntrica e toquei a campainha determinado a aproveitar a primeira desculpa que aparecesse para acabar com nossas aulas.

Ao abrir a porta, ela olhou para mim e pareceu

adivinhar meu humor. Sem dizer nada, com um gesto cortês ela desapareceu, me pedindo para entrar.

Na sala, mordeu os lábios, macilenta.

"Você quer tocar hoje, certo?"

"Exatamente", respondi, exasperado por ter pagado tanto dinheiro sem tocar no Pleyel dela.

"Fique à vontade", ela disse, apontando a banqueta.

Mostro-lhe diferentes peças. Serena, a sra. Pylinska se comporta como uma professora devotada, corrigindo meu dedilhado, explicando a harmonia, atentando à flexibilidade do meu polegar e à postura das minhas mãos para obter uma profundidade de toque. Finalmente! Minha vitória residia na deferência dela.

Depois de uma hora, com os ouvidos cansados e a cabeça pesada, parei.

Peguei o dinheiro, ela me agradeceu, guardou as notas e me acompanhou até a porta. Na soleira ela me reteve, com uma expressão atormentada.

"Ficou contente com a aula?"

"Bastante."

"Tocou tanto quanto queria?"

"Sim."

"E eu o corrigi direitinho?"

"Foi perfeito."

As dobras da sua boca murcharam.

"Não volte mais."

"Como?"

"Se é desse tipo de pedagogia que você gosta,

não volte mais. Eu detesto isso! Me dá enxaqueca e vontade de me jogar pela janela. A vida é curta demais para eu me submeter a tamanho tédio."

"Mas..."

"Percebi que você estava atormentado e decidi dar uma aula tradicional, o que acontece comigo uma vez por ano. Com a idade, isso está além das minhas forças. Adeus."

Ela bateu a porta.

Uma hora depois, minha raiva ainda não tinha passado. Quem ia dar um fim na nossa relação era eu, não ela! Meu orgulho não me permitia ter sido pego desprevenido. Para passar o tempo, caminhei até o Jardim de Luxemburgo; largado numa cadeira de metal, fiquei espiando a brincadeira de uns menininhos que lançavam seus barquinhos a vela de um lado para o outro da fonte de água circular; depois, sem perceber, comecei a observar o vento nas ramagens, a oscilação dos arbustos, joguei duas ou três pedrinhas para desenhar círculos na água e me inclinei na direção das flores enquanto a paz me inundava...

Eu havia entendido.

De tarde telefonei para a sra. Pylinska, pedi que perdoasse meu arroubo e implorei para continuarmos nossos encontros.

"Aprendo tanto com a senhora, senhora Pylinska. Não só Chopin. Não só música. Aprendo sobre a vida."

"Então você me autoriza a seguir meu método?"

"Absolutamente!"

"Está bem. Vamos continuar."

"Ah, obrigado! Muitíssimo obrigado!"

Ela limpou a garganta:

"E de fato você seguiu meu conselho esta manhã... Você fez o exercício que pedi, percebi isso porque, apesar do seu humor de cão, sua flexibilidade estava melhor."

"Que bom", eu disse, pouco à vontade.

"O trabalho que você deve realizar nesta semana é o seguinte..."

"Vou obedecer, senhora Pylinska", afirmei zeloso.

"Hmm... Qual é o nome dela?"

"De quem?"

"Da sua namorada."

Sem coragem de abrir minha vida libertina, escolhi uma das várias amantes:

"Dominique."

"Certo. Não sei como que você faz com Dominique, mas..."

"Sim?"

"Não está provocando o que eu esperava... A impressão é que você faz amor como quem entra num túnel mirando a saída. Você procura... o *grand finale*. Para dizer a verdade, eu preferiria que você desfrutasse o que vem antes. Entende? Que a explosão só trouxesse algo a mais, um bis... Compreende?"

Com o meu silêncio, ela identificou que eu consentia e prosseguiu:

"Concentre-se em cada segundo. A próxima vez que você... se divertir com Dominique, pense nas gotas de orvalho, nos círculos na água, nas folhas entre os galhos, na voz mais delicada que um fio de cabelo..."

"Está bem."

"Ontem li no jornal que os adultos sem educação formal atingem o orgasmo em sete minutos, mas que, assim que recebem a educação apropriada, levam em média vinte minutos. Então dedique-se a isso por uma hora inteira."

"O quê?"

"Suponho que você teve uma educação de nível superior, portanto que não deve parar antes de uma hora. Uma hora, ouviu? É uma ordem!"

"Obrigado, senhora Pylinska. Nos vemos no sábado?"

"Nos vemos no sábado."

Ao desligar o telefone, me perguntei o que eu esperava dessas aulas. E por que, quando ela perguntou sobre minhas amantes, respondi Dominique.

No sábado cheguei à aula de reconciliação com um humor alegre, ainda mais por ter passado uma semana arrebatadora com Dominique, acatando de modo tal as injunções da sra. Pylinska que a moça não foi mais embora do meu quarto de estudante.

Sentei-me ao piano com uma prostração deliciosa no corpo e na alma.

"Tente tocar a canção de ninar, a *Berceuse*", me sugeriu a sra. Pylinska.

Enquanto interpretava a *Berceuse*, meus dedos se revelavam aveludados, redondos; o som nascia e morria, sem esforço, fácil; não me custava nada.

"Está melhor", concluiu a sra. Pylinska. "Por outro lado, você se dedicou demais. Se Bach, Mozart ou Beethoven exigem concentração constante, Chopin exige desconcentração. Renda-se mais. Veja como se deve executar esses compassos."

Ela tomou o meu lugar e, enquanto especificava as dificuldades, eu estremeci: a aranha! O bicho tinha acabado de estacionar acima do piano. A sra. Pylinska tinha passado duas semanas sem limpar o apartamento? Será que ela não enxergava direito?

Decidi interferir e me levantei:

"Deixe-me tirar essa aranha daqui para a senhora!"

A sra. Pylinska saltou da banqueta.

"Não, seu maluco!"

"Como?"

Ela baixou o tom e, olhando fixamente para a aranha para ter certeza de que o bicho não escutaria, sussurrou para mim:

"Sente-se ao meu lado e vamos tocar como se ela não estivesse aqui."

A sra. Pylinska me mandou repetir os movimentos da mão esquerda enquanto ela esboçava o agudo com a direita, e cochichou, encostando a boca na minha nuca:

"Ela sai do teto assim que me sento ao piano. Essa aranha é doida por música. Principalmente

Chopin. É só eu começar Chopin que ela fica cravada no mesmo lugar. A ponto de esquecer de comer!"

"A senhora acredita que os animais gostam de música?"

Ela dá de ombros.

"É claro que os animais gostam de música. Não todos, alguns. Como os homens. Você reparou que meus gatos atuais saem correndo para o fundo do corredor assim que abro o piano? Horowitz e Rubinstein não têm vocação melômana. Não, o estranho, o esquisito, o misterioso, foi o dia que ela chegou."

"Que dia?"

"A aranha apareceu três dias depois da morte de Alfred Cortot."

"O gato?"

"Ela se comporta exatamente como ele."

Baixando ainda mais a voz, ela acrescenta:

"Acho que meu gato reencarnou como aranha. Ela pode ficar aqui quanto quiser, eu a considero minha hóspede."

Cético, mudei de assunto:

"A senhora viu ontem na televisão o documentário sobre o concurso internacional de piano?"

"Deus me livre", ela falou entre os dentes.

"O quê? A senhora não se interessa por isso?"

"Fiquei interessada até o momento em que os premiados começaram a tocar Chopin. Aí virou uma coisa de chopinadas, chopinices, chopinudes!"

"Sim, todos eles destruíram Chopin igualmente."

"Igualmente? Ah, não, meu jovem, isso é dizer pouco! Pode-se errar... meu Deus... de cem maneiras diferentes, para estragar um Chopin."

Ao teclado, a sra. Pylinska começa a imitar os pianistas medíocres:

"Assim, por exemplo! *Feminino*: procuro o belo, penteado, empoadinho, superficial, até apagar sua força, o vigor e deixar tudo morno. *Masculino*: cavalgo sem sela e aos galopes, sou partidário assumido de um piano macho. *Tuberculoso*: lânguido, expiro a cada som, meu timbre não tem cor. O tempo? Eu o estico, e a melodia morre antes de chegar ao fim. *Habitué dos salões*: seduzindo corações com meu jeito leviano, munido das minhas luvas brancas, dou voltas e rodopios com meus sapatos de verniz mas coleciono apenas a glória efêmera e o desprezo dos grandes. *Polonês*: furiosos, militantes, provocadores, meus dedos são armas, minhas obras são bandeiras, miro no inimigo russo para arrancar sua pele. *Francês*: graças a papai, à elegância de Paris, ao Pleyel, a Gaveau, a George, à minha amante, trago comigo o refinamento do palácio de Versalhes. *Exilado*: aflito, estrangeiro aonde quer que eu vá, escrevo por nostalgia, corroído por esse lugar outro. *Sentimental*: por você entrego meu coração, meu sangue, minhas entranhas, meu suor e minhas tripas, ignorando o pudor, desnudo por princípio, sem pensar por um segundo sequer que a carne causa repulsa. *Profundo*: com ar sério, vacilo e temo. *Metrônomo*: senhores, quero lembrar que Chopin, orgulhoso, correto e rigoroso, amava Bach e Couperin! Eu mesma posso lhe mostrar com muita verve as maneiras de tocar desses competidores e seus admiradores, mostrar seus disparates e equívocos, mas não permito que ninguém os apresente para mim!"

Aplaudi sem parar suas caricaturas. Com esse ruído, a aranha voltou imediatamente para o teto. Para a sra. Pylinska, essa retirada brusca do bicho confirmava sua teoria. Ela fez uma careta, me esquadrinhando.

"Tenho a sensação de que você não acredita em metempsicose, a transmutação das almas."

"Não tenho nada a favor nem nada contra, não sei nada sobre isso."

"Ninguém sabe nada, é por isso que usei a palavra 'acreditar'. Você acredita?"

"Hmm..."

"Eu acredito. A questão que fica martelando na minha cabeça não é a migração do meu gato para o corpo da aranha. Não, eu me pergunto principalmente: Alfred Cortot, meu gato, era a reencarnação de quem?"

Ela pensou e acrescentou:

"É por causa dessa dúvida que, há quinze anos, toco com mais inibição do que se estivesse diante de mil espectadores lotando uma sala. Talvez essa alma que está aqui domine melhor que eu a música, e ela me vigia, me avalia. Assustador, não é?"

No momento que apertei o botão para chamar o elevador, murmurei, sonhador:

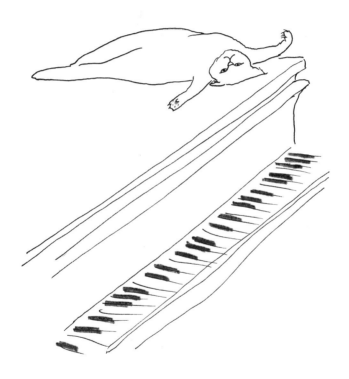

"Senhora Pylinska, qual é o segredo de Chopin?"
"Alguns segredos não devemos compreender, apenas frequentar: estar na companhia deles nos torna melhores."
Depois disse:
"Você evoluiu; mas ainda dá para melhorar..."
"Diga."
"Tem alguma coisa me incomodando. Como se chama mesmo sua namorada?"
"Dominique."
"Pois bem: Dominique. Olhe-a nos olhos."
"Como?"
"Olhe-a nos olhos ao fazer amor com ela."

Uma semana depois, um novo homem soava à porta da sra. Pylinska, pois um cataclisma havia se abatido sobre mim: eu tinha me apaixonado.

Ao olhar no fundo dos olhos de avelã de Dominique durante nossos abraços, noite após noite, dia após dia, enxerguei um poço escuro, misterioso, onde queria mergulhar toda hora, todo minuto, todo segundo. Abalado, hesitante, eu precisava dela, de sua presença, seu corpo, sua risada, sua conversa.

Tudo isso *por causa* da sra. Pylinska, ou *graças à* sra. Pylinska, de modo que, a depender do momento, eu me alternava entre queda e ascensão para definir a minha revolução. Pela primeira vez, minha vida sexual e minha vida amorosa se encontravam na mesma pessoa. Antes de Paris eu só tinha vivido paixões platônicas, não correspondidas, juvenis, em que eu me lamentava, chorando de infortúnio; depois, assim que me mudei para a Rue d'Ulm, me habituei aos prazeres carnais sem envolvimento. Com Dominique, perdi a ilusão de controle, marca do libertino; eu não governava mais minhas emoções; um sentimento mais amplo, mais forte que eu, me dominava e me convidava a ceder.

Mal comecei a peça, a sra. Pylinska sorriu e piscou.

"Estou feliz por você", disse baixinho.

Suspendi as mãos acima das teclas.

"Não vá me dizer que estou tocando bem porque estou apaixonado!"

"Você está tocando lindamente porque se rendeu. Você está se entregando à música, assim como se entrega ao amor. Agora você consegue se conciliar com cada momento, cada nota, cada inflexão. Você não se enrijece mais, não filtra mais."

Sentou-se no pufe onde Alfred Cortot costumava se aninhar e acendeu um cigarro.

"Se para tocar melhor fosse preciso estar apaixonado, será que eu ainda tocaria? Faz tempo que não me apaixono. Não, eu vou pelo caminho que mencionei outro dia, quando falei das cantoras mais sagazes que Magdalena, a pobre coitada que alcançava os agudos depois de ser possuída pelo marido, Bogdan. Como as cantoras astuciosas, que conquistam uma carreira notável, soltam o diafragma? Elas lembram... guardam a memória das sensações e a convocam em caso de necessidade. Eu faço parecido quando toco: desenterro a lembrança do amor e deixo ela me inebriar. É uma delícia."

Mais tranquilo, continuei a peça. A aranha desceu do teto, ficou paralisada na ponta do fio. A sra. Pylinska me indicou o bicho com os olhos e sussurrou:

"Até agora ela nunca tinha se mexido por você!"

Segundo ela, a atitude do aracnídeo era prova indiscutível do meu progresso. Animado, interpretei um prelúdio cuja melodia eu apreciava. A sra. Pylinska resmungou por cima das notas:

"A fita! A fita! Me dê a fita!"

Continuei sem entender o que ela estava pedindo:

"A fita? Cadê a fita?"

"Que fita?", perguntei, com atenção.

Ela esbravejou:

"Pare!"

Perplexa, ela me encarou, se levantou, vacilou, retornou, deu voltas exasperadas.

"A melodia precisa se desenrolar como uma fita. Sim, eu sei, um piano não passa de martelos de feltro que batem nas cordas; ele é antes de tudo um instrumento de percussão, mas não precisa forçar a mão e transformá-lo num tambor! Você está batendo, e não cantando. Você dá um golpe atrás do outro."

Ela foi em direção ao aparelho de som.

"Vamos ouvir Callas."

"Senhora, eu vim estudar *piano*."

"É por isso mesmo que vamos ouvir Callas."

"Já ouvi Callas!"

"É mesmo? Não parece."

Dando de ombros, resolvi acatar sua extravagância.

A sra. Pylinska apoiou a agulha num disco de vinil. As caixas de som chiaram, depois uma respiração de fundo se propagou — uma respiração que parecia ser um novo silêncio. A orquestra fez a introdução, uma flauta ronronou, depois a voz de Maria Callas tomou conta do cômodo. *Casta Diva*. A cantora tinha saltado para fora do aparelho para prender nossa atenção e levantava-se, ardente, intensa, palpitante, diante dos alto-falantes. Quase intimidadora.

"Você notou a presença dela?", murmurou a sra. Pylinska.

"Imensa! Como ela faz isso?"

"Callas não entra como cantora, mas como personagem. Numa ópera, a heroína tem um motivo para entrar em cena, está movida por uma urgência, mais retesada que um arco, com algo a fazer, a dizer. A presença é o resultado da plenitude, sua expressão. Os seres vazios nunca transmitem a menor presença. Conheci uma atriz muito decorativa, que… Não, prefiro ficar de boca fechada: caridade cristã!"

O canto se estende, sensível, humano, parecido com um desenho; a respiração de Callas se transformava em uma linha rabiscada a traçar volutas na página do silêncio.

Vez ou outra, detectei uma estridência. Vez ou outra, achei o grave pronunciado demais, o agudo um pouco forçado. Vez ou outra, o som parecia ficar preso dentro de uma lâmpada de vidro.

"Não é necessariamente bonito", arrisquei.

"Raramente é bonito, mas é sempre verdadeiro. Havia vozes mais bonitas, mas não houve uma cantora maior. O instrumento importa menos que a pessoa que o manipula. No início, a voz de Callas se reduzia a um líquido denso, compacto, preto, pesado, que ela precisou depurar, refinar e suavizar. Ah, que maravilha, ela canta como uma míope das grandes."

"Como?"

"Um lutador de sumô com óculos."

"Ah!"

"O quê? Você nunca viu nenhuma foto de Callas quando era jovem? Um mamute de lentes!"

"Senhora Pylinska!"

"Aos vinte e oito anos, Callas pesava quase cem quilos e não conseguia discernir o maestro no fosso da orquestra. É por isso que cantava com perfeição. Endereçando suas notas para as trevas — logo, para todo mundo —, ela brilhava como uma pessoa obesa que deseja enfeitiçar pela voz. Depois, quando emagreceu, ela se revelou esplêndida. A baleia escondia uma Vênus. Infelizmente isso desencadeou a catástrofe, a queda fatal..."

"O regime arruinou a voz dela?"

"Arruinou sua alma. Magra, esbelta, delgada, ela conseguia seduzir de outras maneiras. Como rival das melhores manequins, a artista foi eclipsada, pois não era mais necessária. A Callas feia cantava de forma sublime; a Callas deslumbrante, cada vez pior. O que lhe faltava era justamente a falta."

Ela levantou o braço do aparelho de som. Maria Callas e a orquestra do La Scala se dissiparam.

"Nunca é demais falar do perigo que são os regimes alimentares."

"Talvez assim ela tenha desabrochado?", sugeri.

"Que piada! Ela acabou magra, seca, amarga, reclusa; morreu de tédio na Avenue Georges-Mandel, no 16º *arrondissement*. Ela nasceu para ser lagarta, não borboleta."

Guardou o disco dentro de uma capa que estampava um rosto admirável.

"Um quiproquó colossal a glória de Callas. Estamos olhando para fotos de uma deusa enquanto escutamos uma foca de olhos esbugalhados."

Ela apontou o teclado do Pleyel.

"Ao piano, *prompto*! Imite o canto de Callas nas melodias de Chopin. Assim que se mudou para Paris, Chopin passava as noites na ópera, fartando-se das divas e dos tenores que criavam as obras de Rossini, Donizetti e Bellini."

Retomei o prelúdio, me concentrando na cantinela.

A sra. Pylinska me interrompeu de novo.

"Cante junto."

Minha voz uniu-se à melodia, dobrando o piano. A sra. Pylinska protestou:

"Você está pensando em outra coisa enquanto canta. E não está respirando."

Ela estava certa, eu estava cantarolando em apneia.

A sra. Pylinska bateu na madeira do piano.

"Pare!"

Suas sobrancelhas se aproximaram quando ela me encarou.

"É impossível com essa sua caixa torácica. Olhe para isso, não é uma gaiola, é um armário. Cabem duas pessoas do meu tamanho entre os seus ombros. Qual a circunferência do seu peito?"

Em tempos normais eu teria ignorado a pergunta, mas, como tinha saído de uma consulta médica para o serviço militar, exclamei, jactante:

"Um metro e quinze! A circunferência do meu peito tem um metro e quinze."

"Ah, é isso. Um metro e quinze! Tomar fôlego é tão fácil para você que você não administra seu ar. Espere um pouquinho."

Ela desapareceu na escuridão do corredor, eu a escutei abrir e fechar gavetas, e depois voltou brandindo uma tesoura e um rolo adesivo, desses de lacrar caixas de papelão.

"Encoste nesta parede. Aqui. De costas."

Ela me empurrou contra a divisória.

"Fique parado, olhe para mim e feche os lábios."

Com um gesto rápido e inevitável, colou um pedaço de fita na minha boca.

"Pronto!"

Atônito, eu ia começar a reclamar, a dizer que estava me sentindo amordaçado.

"Agora cante!"

Virei os olhos, sem saber o que fazer. Ela insistiu:

"Cante! Estou criando obstáculos para você entender o que significa respirar e cantar. Vamos! *Casta Diva*, por favor."

Comecei a melodia numa espécie de gemido que, depois de alguns compassos, se firmou: então ela apertou meu esterno com o polegar e achei que ia sufocar.

"Cante! Cante! *In argenti...*"

Se tivesse conseguido falar algo, teria gritado que ia vomitar por causa da força com que ela apertava meu estômago, mas, obcecada com sua ideia, ela me lançava frases musicais como orientação. Lutando contra ela, contra essa pressão, entoei a melodia com um *a* sem consoantes; quanto mais eu me esforçava, mais consciência tinha da minha respiração, do meu timbre, da duração das notas, da inflexão das frases, dos acentos, dos prolongamentos, das pausas, dos ornamentos e apogiaturas. Eu confessaria isso? Apesar do desconforto, aquilo me agradava; meu corpo se tornava um instrumento musical, um clarinete de timbre encorpado que até este momento havia ocultado de mim, por preguiça.

Na última nota, a sra. Pylinska relaxou a pressão.

"É isso aí. Você conseguiu. Ao piano, *presto*!"

Ainda com a mordaça, me sentei diante do teclado e recomecei o noturno. Como consequência dos esforços anteriores, guiada pelas minhas lembranças, a melodia se transformava sob meus dedos em uma fita maleável, elástica, que cessava e retornava intacta, vibrante, flexível.

"Finalmente!", suspirou a sra. Pylinska, exaurida. "Só precisa de mais naturalidade. Você se escuta demais, e quando se escuta eu deixo de escutá-lo."

Arranquei o adesivo e sorri para as teclas. A sra. Pylinska concluiu:

"Chopin era franzino desde que nasceu, mal respirava, e ainda jovem sofreu de tuberculose. Pesava menos de cinquenta quilos quando adulto, com um metro e setenta... Um graveto. Desde a adolescência ele tossia, arquejava, perdia o ar, cuspia sangue. Nada mais natural que aclamasse Malibran na ópera, a Callas daquela época. Ao voltar para casa, ele cantava; não com a voz, coitado, e sim com o piano."

Quando estava indo embora da casa da polonesa, perguntei-lhe, na soleira:

"Nenhum conselho para esta semana? O que devo estudar?"

"Apenas uma recomendação: reflita."

"Sobre o quê?"

"Sobre a porta. A porta estreita. A única porta. A que leva até o corredor onde você vai entrar."

"Não entendi."

"Chopin escolheu a porta da música. Callas escolheu a do canto. Qual é a sua porta?"

"Não existe só uma porta, senhora Pylinska?"

"Para quem tem a ambição de atingir a excelência, existe só uma porta."

Quando o elevador se fechou, ainda ouvi a sra. Pylinska arrulhando:

"Mande lembranças à senhorita Dominique!"

O telefonema trouxe meus pés de volta ao chão. Depois de hesitar em me procurar, minha avó tinha decidido me pôr a par do que estava acontecendo: Aimée, tomada por um câncer grave, tinha acabado de ser hospitalizada.

"Um câncer no nariz! Nunca pensei que alguém pudesse ter um câncer no nariz! Já imaginou? Aimée é diferente em tudo."

Percebendo que ia perder o fio da meada se começasse a falar mal dela, minha avó acrescentou, choramingando:

"Ela não quer receber nenhuma visita. Acredita? Proibiu todo mundo de ir até lá. Por causa do nariz! Alega que a cirurgia a deformou e não quer que a vejam assim. Apareci duas vezes no setor de oncologia e me puseram para fora! A mim! Agora não passo de uma estranha!"

Ela soluçava, e eu não sabia se minha avó chorava por conta do destino de Aimée ou por si mesma.

"Quando ela sai do hospital?"

"Nunca! Os médicos foram claros. Apesar da cirurgia, e mesmo com o tratamento, ela não vai se curar."

"Mas..."

"Ela tem consciência disso. Ontem à noite me telefonou, me contou tudo isso e insistiu que não vai mais ser vista até morrer."

Então minha avó se embrenhou pelas lembranças da infância delas, as férias que passaram juntas, a amizade dos pais delas, as viagens para Nice, para Mônaco; falava então de si mesma, emocionada pela juventude perdida e pelos anos que passaram, evocando cenas em que Aimée não passava de mera decoração. Usei um seminário de epistemologia como desculpa para desligar.

Depois de colocar o telefone no gancho, afundei nos meus pensamentos. Aimée passara a vida percorrendo sozinha seu caminho, corajosa, firme, insistentemente discreta! Quanta dignidade! Até mesmo agora, vulnerável, fragilizada, afastava os outros de sua intimidade.

Queria muito encontrá-la. Logo. Muito logo. Seria possível? Lembrando-me das censuras da minha avó, me ocorreu uma suspeita: será que Aimée havia inventado essa regra apenas para minha avó, como uma maneira de se esquivar daquela compaixão invasiva?

Telefonei aos meus pais, que confirmaram a decisão de Aimée, depois para minha tia Josette, que Aimée encontrava bastante, e ela confessou que as enfermeiras também a haviam expulsado.

Aimée não tinha me tratado diferente ao me revelar sua vida verdadeira?

No sábado, em vez de ter aulas de piano, fui até Lyon, onde Aimée vivia seus últimos dias.

No topo de uma colina de altitude média, a clínica das Mimosas, prédio baixo e comprido revestido de um reboco ocre, se estendia modesta em meio aos gramados e arbustos em flor. Tinha um aspecto acolhedor, sereno, em oposição às agonias que abrigava.

Fui até a recepção, onde uma mulher elegante da Martinica sorriu para mim assim que mencionei o nome de Aimée.

"Senhora Buffavand? Ah, sinto muito... Ela nos deu a seguinte ordem: nenhuma visita."

"Ela não fez uma lista?"

"Não. Nem lista de quem ela não quer ver, nem lista de quem ela quer."

"Eu sou o sobrinho preferido dela."

"Sinto muito."

"Na verdade, não sei se sou o sobrinho preferido. Mas ela é minha tia preferida."

"Sinto muito mesmo. A sra. Buffavand faz questão de ficar sozinha e devemos respeitar seus... desejos."

A moça, que por pouco não falou "seus últimos desejos", enrubesceu. Querendo me agradar, percorreu a mesa com os olhos, encontrou um bloco de notas e o estendeu a mim.

"Escreva um bilhete, nós entregaremos."

"Agora?"

"Não, às sete da noite, com a refeição."

"Mais tarde é tarde demais. Por favor, avise que estou aqui."

"Recebemos duas orientações muito claras: não deixar ninguém entrar e não incomodá-la avisando quem está aqui."

"Eu vim de Paris!"

"Senhor", ela acrescentou, bondosa, "acredite em mim, eu entendo sua decepção..."

Suspirando, peguei o bloco de papel, sentei-me numa cadeira de plástico no meio das plantas e rabisquei, dividido entre a cólera e a gentileza:

> *Vim te ver. Vou me submeter à sua vontade, qualquer que seja, mas saiba que estou aqui. E que te amo.*
> *Éric-Emmanuel*
>
> P.S.: *Fico em Lyon até amanhã.*

Dobrei o papel, entreguei-o à enfermeira, que me devolveu um sorriso triste, depois desci os degraus da frente do prédio de ombros caídos, arrastando os pés, para me encaminhar para a saída. Mas, alguns metros depois, como quem não quer nada dobrei a esquerda, decidido a ver Aimée a qualquer custo, contornando o prédio. Olhei para dentro dos quartos do primeiro e do segundo andar, "Nunca se sabe... Vai que eu encontro... Ou melhor, se Aimée estiver à janela...".

Uma pena, dei duas voltas sem sucesso: as janelas estavam cobertas por cortinas, ou os vidros emolduravam cômodos vazios.

Desanimado, me deixei cair num banco de pedra ao lado de uma janela imensa, feita de pequenos caixilhos antigos.

À minha frente, um céu fleumático iluminava debilmente as colinas de Lyon.

Exausto, combalido, eu não pensava mais, não sentia nada; essa clínica, esse parque sem charme algum, minha viagem, o carinho que eu sentia pela minha tia, tudo me parecia absurdo, desbotado. Até a vida de Aimée, que ia desaparecer aqui... Eu preferiria a raiva a esta insipidez vã! "Para quê?", essas eram as únicas palavras que cruzavam o deserto da minha alma. Para quê? A terra tinha perdido seu sal, suas tintas, seus sabores, seus odores...

Um som furtivo me interrompeu.

Ao me virar, avistei um gato que atravessava uma vidraça quebrada. Atraído por essa vida minúscula, me levantei e o segui com os olhos. O gato malhado tinha acabado de entrar em um salão de festas onde um vasto assoalho de madeira um dia talvez houvesse sido ocupado por dançarinos, e um estrado, grudado ao fundo entre duas cortinas cáqui, deve ter servido de palco. Nas paredes havia marcas de cartazes que não estavam mais lá, retângulos bege margeados por uma pintura esfumaçada.

O gato se esfregou em um radiador de ferro do aquecimento, saltou sobre ele, o percorreu e depois pulou sobre a banqueta de um piano.

Eu não acreditava no que meus olhos viam: um Schiedmayer, o piano de armário da minha infância, um Schiedmayer exatamente igual ao dos meus pais, escondido na sombra.

Não tive a menor dúvida. Passando a mão pelo caixilho por onde o gato tinha se infiltrado, levantei o trinco, abri uma parte da folha da janela e também entrei no vetusto salão de festas.

Eriçado pela minha invasão, o gato correu para trás da cortina do palco.

Eu me aproximei do piano, com a emoção de quem caminha dentro do passado. De um marrom sujo, coberto por manchas de gordura aqui e ali, o marfim gasto das teclas, o Schiedmayer reinava no centro do cômodo. Não era um intruso, e sim um altar. Parecia ainda mais velho que o nosso piano.

Sentei-me diante dele. Vazio, cansado, sem apetite, eu o observei, pensando em Aimée, naquele deslumbramento que ela tinha oferecido a mim no meu aniversário de nove anos. Aquilo tinha virado pó?

Medi o instrumento de cima. Eu precisava que ele me provasse alguma coisa. Toquei um primeiro acorde, depois o segundo. Ele reagiu com perfeição. Eu me acomodei e comecei o *Larghetto* do *Concerto nº 2*.

Suave, argêntea, límpida, fluida, ao mesmo tempo licorosa e luminosa, a melodia, a melodia angelical se desprendia do velho Schiedmayer. Subia ao teto sujo e se transformava em prece. Uma prece que não exigia nada, uma prece que se desvencilhava de qualquer obrigação, uma prece que aceitava, que reconhecia, que agradecia.

Nunca tinha tocado assim antes. Eu alcançava as margens do continente Chopin com graves líquidos, melodias gotejantes, passagens espumosas, o fluxo e o refluxo, a naturalidade. Tudo o que a sra. Pylinska havia me ensinado, o silêncio, os círculos na água, o orvalho, as ramagens que ondulam em um tronco flexível, o relaxamento, o canto frágil no limite do rompimento mas que se prolonga ao infinito, tudo enfim se juntava. As notas vinham como se eu as improvisasse; eu seguia em frente como se estivesse passeando, tocando sem partitura, sem saber de antemão o que iria dizer, as frases musicais se formavam sob meus dedos, espontâneas, inocentes; o coração batia embasbacado, desejando, no entanto, para proteger a mágica, que eu não me demorasse na minha estupefação. Eu tinha a impressão de estar sendo tocado pelo espírito de Chopin.

Uma porta rangeu atrás de mim. Um funcionário, que me convidaria a me retirar... Para não interromper a exaltação, continuei tocando, esperando que a música amolecesse os humores administrativos.

Uma voz sussurrou:

"Não vire para trás."

Pensei ter reconhecido aquela voz, ou melhor, reencontrado, num timbre diferente, as entonações conhecidas.

"É você, Aimée?"

"Por favor, não vire para trás."

"Prometo que não vou virar."

"Obrigada..."

"É você."

"Eu o ouvi do meu quarto, bem em cima daqui... Só eu costumo despertar este instrumento. Que presente você está me dando! Toque! Toque mais!"

Segui em frente, extasiado, sabendo que as diversas agitações dos meses anteriores convergiam para este objetivo, viver aqui este exato momento.

O último acorde se dissipou; no minuto seguinte, o encantamento de Chopin ainda permanecia.

"Você toca bem, Éric."

"Pela primeira vez..."

Ela riu, espontânea, e exclamou:

"Felizmente havia Chopin. Sem ele, eu não teria vivido."

"Me fale sobre isso", murmurei.

"Roger morava com a esposa. Passei mais tempo o esperando do que o encontrando. Ele me falava sempre dos filhos e da filha, e eu só os conhecia por fotos que ele guardava na carteira. Esse é o resumo da minha vida: crianças, só em foto; um amante que morava com outra mulher. Quanta privação... Mas havia Chopin!"

"Ele a consolava?"

"De modo algum. Consolar é fazer com que alguém aceite a frustração. Chopin me libertava. Graças a ele eu vivia num mundo pleno, um mundo onde sempre havia um coração batendo, um mundo saturado de emoções, paixões, revoltas, gentilezas, êxtases, espantos, convicções, lirismo. Quando eu sentia falta de Roger e precisava de ternura, era Chopin quem me dava ternura. Quando eu sentia falta de Roger e queria lhe declarar meu amor, era Chopin quem lhe falava do meu amor. Quando eu sentia falta de Roger e queria brigar com ele, era Chopin quem se ocupava disso. No fundo, se Roger vivia uma vida dupla, eu também vivia a minha! Tinha uma vida com Roger, que era muito parca, e uma com Chopin, que de tão rica completava a primeira, a justificava, a preenchia. Eu estava sempre vibrando. Será que Roger em algum momento suspeitou do quanto Chopin o ajudou?"

"Uma vida virtual..."

"Uma vida perfeita, em que tudo era esplêndido, inclusive a dor. Sabe, Éric, eu conseguia me deleitar com a tristeza porque, como Chopin me ensinou, ela se revelava tão agradável quanto necessária. Até o desespero soava bem!"

Ela suspirou, abalada.

"Ele me permitiu viver em outro mundo, um mundo em que os sentimentos desabrocham, um mundo povoado de declarações inflamadas, arrebatamentos, entusiasmo, felicidade, um mundo sem cálculos, sem racionalidade, sem prudência, sem pragmatismo. E não era um mundo utópico, não! Um mundo que me revelava. Não um ensimesmamento, e sim uma abertura. É isso que Chopin oferece: um lugar para amar. Amar aquilo de que é feita a vida, ver a desordem, o medo, a angústia, as confusões. Ele torna bonito aquilo que não é e torna incandescente aquilo que já era. Em vez de nos oferecer um refúgio, ele nos obriga à lucidez, nos ofertando generosamente a sabedoria da aceitação e ampliando nosso prazer pela condição humana. Graças a Chopin, tive uma boa vida. Você reparou no chapim ali na janela?

Com cuidado, lentamente para não sobressaltar Aimée, virei a cabeça para ver o chapim. Avistei o bichinho pequeno, parrudo, felpudo, com penas verde-oliva e cinza-escuro.

"Quando eu era criança, no campo, diziam que os chapins traziam em si nossos mortos, que vinham nos visitar e saber das notícias."

"Que lenda bonita."

"Não é uma lenda, é um saber ancestral. Toque para ver a reação dele."

Às primeiras notas da peça, o passarinho ficou imóvel, atento.

"Roger me escutava inclinando a cabeça para a esquerda. Desde o momento em que saí do meu quarto para tocar este piano aqui, esse passarinho pousa no parapeito da janela e inclina a cabeça para a esquerda."

Parei para contemplá-lo.

"Você acha que é ele?"

Amedrontado pela pausa na música, o chapim atravessou rapidamente o caixilho, saltitou pela grama, apanhou um cisco e o bicou.

Aimée explicou:

"Ainda que seja Roger, ele é um chapim de cabo a rabo."

Nós rimos.

"Queria dar um abraço em você, Aimée."

"Eu também, Éric, mas faço questão de que guarde como lembrança uma imagem intacta de mim."

"Isso é frustrante."

"Você nunca vai se sentir frustrado, porque eu lhe contei o segredo de Chopin."

•

Nesta manhã, acordei com uma alegria no coração, uma felicidade em si mesma, como o sol que ilumina o jardim onde meus três cachorros fazem uma algazarra.

Passaram-se trinta anos desde a morte de Aimée.

Quando voltei a encontrar a sra. Pylinska, eu lhe falei de meu encontro com minha tia, assim como daquela experiência prodigiosa ao piano, que havia me deixado estupefato.

"Foi a primeira vez", repeti.

"E talvez a última", ela respondeu.

Ela estava certa, infelizmente. Nunca mais alcancei aquela naturalidade durante os meses em que continuei meus estudos com ela. Chopin se esquivava de novo.

Certo dia, a sra. Pylinska me comunicou, séria, que iria embora da França e voltaria para Varsóvia.

"Chega de Chopin, preciso enfrentar a realidade."

"A senhora dizendo isso?"

"Exatamente. Chopin fugiu da Polônia em 1830,

logo antes da insurreição contra os russos. Como não existia mais Polônia no mapa desde 1795, quando o território foi dividido entre três países, a música de Chopin encarnou a nação polonesa. Por um século a Polônia foi Chopin. Ele nutria sua chama à distância, tornando-a vivaz, gloriosa, eterna em suas mazurcas ou *polonaises*. Em 1918, a Polônia voltou a ser Polônia, mas não por muito tempo, pois os nazistas a invadiram e proibiram Chopin. Quem escutava um noturno corria o risco de ir para a prisão; as pessoas se encontravam clandestinamente, nos fundos de um apartamento, nas tardes de domingo, para reconquistar por meio de suas notas a pátria humilhada. Depois, o comunismo tomou conta, um novo flagelo russo de origem alemã... Hoje sinto que a realidade está mudando, ou que essa realidade talvez vá enfim se encontrar com a de Chopin. A Polônia está acordando. Voltarei correndo."

"Vou sentir muito."

"Espero que sim. Por mim, em nome da minha vaidade, você ficaria inconsolável. Mas você não precisa mais de mim."

"Eu não toco Chopin bem."

"Toca, sim!"

"Uma única vez."

"Exatamente. Uma vez, numa emergência, quando a necessidade exigiu isso, a única vez em que era a única porta."

"A porta?"

"Você toca e tocará Chopin muito bem. Mas não no piano."

"Como?"

"Porque você encontrou a porta. A porta específica. A porta estreita."

"Do que a senhora está falando?"

"A porta através da qual você vai explorar o universo e narrá-lo."

"O quê?"

Ela me olhou com desdém.

"Você escreve, não?"

Eu me calei. Como ela sabia disso? Eu escondia de todo mundo os dias e as noites que passava escrevendo peças, novelas, romances. Meus lábios tremeram. Num gesto de gentileza, ela empalideceu, ajeitou o turbante carmesim e tomou minhas mãos.

"Escreva! Escreva sempre pensando naquilo que Chopin lhe ensinou. Escreva com o piano fechado, não discurse para a multidão. Fale só comigo, com ele, com ela. Permaneça na intimidade. Não ultrapasse o círculo de amigos. Um criador não compõe para a massa, ele se dirige a um indivíduo. Chopin ainda é uma solidão que conversa com outra solidão. Imite-o. Não escreva fazendo barulho, por favor, e sim fazendo silêncio. Concentre naquilo que você deseja, convide-o a penetrar nas nuances. Os sons mais belos de um texto não são os mais poderosos, são os mais suaves."

Ela me empurrou em direção ao corredor.

"E agora, nada de adeus, beijos, elogios, essas

coisas repulsivas, melosas e piegas. Vou levá-lo até o elevador."

Fiquei parado na soleira e perguntei:

"Quanto eu devo, senhora Pylinska?"

"Nada. Comigo a última aula não é paga."

"Por quê?"

"Porque o único objetivo dela é encorajá-lo. Consegui fazer isso?"

A sra. Pylinska estava certa. Há três décadas eu escrevo.

Escrevo colhendo flores nos campos sem derrubar as gotas de orvalho. Escrevo criando círculos na água, observando a expansão das ondas e seu desaparecimento. Escrevo como a árvore ao vento, o tronco de inteligência sólida e as folhagens da sensibilidade se movendo. Escrevo com o bem-estar e o relaxamento após o amor, olhando meus personagens no fundo dos olhos. E tento viver assim, degustando cada segundo, gotejando a melodia dos dias, me alimentando de cada nota.

No ano passado fui à Polônia, uma Polônia livre, despojada do concreto comunista, como a sra. Pylinska previra. Durante um evento oficial, pois me outorgaram protocolarmente o título de embaixador da leitura, uma vez que várias pessoas gostam dos meus livros na Polônia, uma senhora idosa invadiu o tablado onde eu tinha acabado de fazer meu discurso de agradecimento.

"George Sand! Eu sabia que você ficaria do lado de George Sand. Coitada! Enfim, melhor que nada."

A sra. Pylinska, peremptória, viva, imperial, só um pouco menor e mais enrugada, me abria seus braços, gesto pouco comum nela, e neles me lancei. Jornalistas e fotógrafos, desconcertados, vieram em nossa direção para registrar o acontecimento e entender nossa euforia.

Orgulhoso, expliquei que a sra. Pylinska havia sido minha professora de piano em Paris, trinta anos antes. Os repórteres do canal nacional correram em sua direção.

"A senhora está orgulhosa do seu aluno? Formou um bom pianista?"

"Ele tinha dedos ágeis e muita boa vontade."

"E tocava bem?"

"A boa vontade desse homem era muito comovente, uma espécie de homenagem àquilo que o ultrapassava e que lhe era inacessível. É claro que, se nos limitarmos a não pensar no mérito em si, poderíamos concluir que... Não, prefiro ficar de boca fechada: caridade cristã!"

Dois meses depois, a sra. Pylinska nos deixou.

Nesta manhã, encostado à janela, contemplei a natureza, que ignora o luto e conhece apenas a vida. Sob um céu azul, novo, límpido, lavado, o jardim toca uma barcarola para mim, os lírios são embalados por uma brisa lépida, os lilases farfalham brincalhões, o carvalho, sábio, cheio de vigor.

Desço até a sala e abro o piano de cauda. Meus

cachorros aparecem imediatamente; depois de um carinho com o focinho na palma das minhas mãos, eles se deitam sob o instrumento, repetindo o que Chopin criança fazia com sua mãe. Eles estão inquietos, ansiosos.

Começo a *Barcarola*... A tranquilidade se impõe. A música me permite acessar o maravilhamento. O tempo deixa de correr; palpita. Não me submeto mais à duração, eu a saboreio. Tudo se torna maravilhoso. Fico extasiado por existir e me entrego ao arrebatamento.

À esquerda, noto uma movimentação sutil. Discretamente, lanço um olhar para essa direção.

Na moldura de madeira da janela aberta pousou um passarinho. Não consigo acreditar: a plumagem do chapim é revestida de cinza, mas ele exibe na cabeça, tal qual um turbante, uma cor carmesim, e no bico segura um graveto, como uma piteira.

Eu rio. Será que é verdade essa reputação dos chapins?

Perturbado, perco uma nota, duas, erro o acorde; suspendo as mãos e me viro para o lado.

Sem demora, o chapim dispara no céu, rodopia, voa pra lá e pra cá, para, começa de novo, se detém mais uma vez, e de repente, de seu traseirinho macio — consequência da manhã ou da alegria? —, espirra num jato fino uma substância da cor do mel que vem aterrissar sobre os meus olhos e que... Não, prefiro ficar de boca fechada: caridade cristã.

Posfácio

Em uma das mais importantes biografias de Chopin, o autor Alan Walker começa afirmando que "não pode provar, mas, em um raio de cinquenta quilômetros de onde o prólogo [do livro] está sendo escrito, alguém toca ou escuta a música de Chopin".

Na literatura, a música inspirou muitos autores, e a presença do compositor polonês é marcante: Chopin aparece em poemas de Carlos Drummond de Andrade e Cecília Meireles e em contos de Machado de Assis; mais recentemente, na literatura estrangeira, aparece na obra dos vencedores do prêmio Nobel Olga Tokarczuk e J. M. Coetzee. E poderíamos mencionar vários outros nomes: Hermann Hesse, Marcel Proust, Thomas Mann... A lista é grande.

Há também os escritores-músicos que tocavam Chopin, como o nosso Mário de Andrade, exímio conhecedor de música e também pianista. Assim, são infinitos os caminhos até Chopin para o leitor de ficção, e o livro de Éric-Emmanuel Schmitt é certamente um deles. Que esta seja uma porta de entrada: descobrir a música na literatura, ou a música a partir da literatura.

O editor

A SENHORA PYLINSKA E O SEGREDO DE CHOPIN, UMA HOMENAGEM AO COMPOSITOR POLONÊS, COMPOSTA EM SOURCE SERIF PRO SOBRE PAPÉIS PÓLEN BOLD 90 G/M² PARA O MIOLO E CARTÃO SUPREMO 250 G/M² PARA A CAPA, FOI IMPRESSA PELA IPSIS GRÁFICA E EDITORA, EM SÃO PAULO, EM JANEIRO DE 2025. OUÇA E ESCUTE. ZAIN – LITERATURA & MÚSICA.

TÉRMINO DA LEITURA: